푸른사상
시선

118

장생포에서

황주경 시집

푸른사상
PRUNSASANG

푸른사상 시선 118

장생포에서

인쇄 · 2019년 12월 27일 | 발행 · 2019년 12월 30일

지은이 · 황주경
펴낸이 · 한봉숙
펴낸곳 · 푸른사상사

주간 · 맹문재 | 편집 · 지순이, 김수란 | 마케팅 · 김두천
등록 · 1999년 7월 8일 제2-2876호
주소 · 경기도 파주시 회동길 337-16(서패동 470-6) 푸른사상사
대표전화 · 031) 955-9111(2) | 팩시밀리 · 031) 955-9114
이메일 · prun21c@hanmail.net /prunsasang@naver.com
홈페이지 · http://www.prun21c.com

ⓒ 황주경, 2019

ISBN 979-11-308-1516-9   03810
값 9,000원

푸른사상 시선 118

장생포에서

본 서적은 울산문화재단 2019 예술창작 발표지원 사업의 일환으로
제작되었습니다.

무릇 꽃이란 식물의 생식기.

종족 보존이라는

세상 만물의 지상과제를 위한 마지막 선물, 꽃.

세상에서 가장 슬픈 것은

피지 못한 꽃들이 무참하게 꺾이는 일.

반역과 광기의 시간……

바람이 연주하는 마두금에 맞춰 슬픈 조가를 부르며

가엾은 영혼을 위로하는 시인이란 이름의 사람들.

가장 먼저 울기 시작해서

가장 늦게까지 우는 시인이 되고 싶었던 나는

사는 게 바쁘다는 핑계로 아직 다 울지 못했다.

2019년 12월
황주경

| 차례 |

■ 시인의 말

제1부

제2부

제3부

제4부

제1부

은행나무

나무는 이름값을 하고 싶은 거다
난방비, 대학 등록금, 요양병원비
온갖 고지서가 한꺼번에 몰려드는 이 거리가
적이 안쓰러운 거다
그래서 아무런 담보나 보증도 없이
세상을 온통 황금빛으로 물들인 거다
비질하는 청소부도 황금잎을 쓸어 담고
달동네 아이들도 골드카펫을 밟고 등교하고
노숙자도 비단 금침에서 눈을 뜨는
세상이 궁전처럼 눈부신 이 아침,
갑자기 부자가 된 듯한 나 또한
잠시 가던 길을 멈추고
네게 선물할 황금 책갈피를 고르는 중이나니

김해뒷고기집 개업식

고사상 한가운데 앉아 부처처럼 웃는 얼굴
사실 당신은 발우도 한 벌 없이
동냥하던 탁발승이었습니다
부르튼 맨발로 진흙탕을 헤집으며
세상의 온갖 구정물을 공양하면서도
경문 외는 일을 게을리하지 않던 어린 사미승이었습니다
발길질, 몽둥이 뜸질 속에서도
화탕지옥 펄펄 끓는 가마솥에 들어가면서도
꿀꿀꿀, 꿀꿀꿀, 꿀꿀꿀
동네 목욕탕 들어가듯 시원한 표정을 짓던 당신
오늘은 간, 쓸개, 몸통까지 다 내주고
뼈를 발라내다 남은 마지막 살점까지
불판 위에 보시하고
걸신들린 듯 배를 채우는 나를 위해
지글 지글, 또 염불을 외우고 계십니다그려
지장보살 지장보살 지장보살

말벌

학창 시절 전교 몇 등 하던 친구 녀석

시험 칠 때마다 대담하게 커닝을 했었는데

녀석이 말벌처럼 웅크려 책을 뒤적이면

교실은 꿀벌의 날갯짓 같은 아이들의 한숨 소리가 윙윙거

렸다

그 속에는 모른 척 신문만 훑고 있는 감독 선생님에 대한

원망과

배경이 남다른 녀석에 대한 시기심과 두려움이 들어 있었

는데

나는 이명처럼 왕왕거리는 그 소리가 너무 듣기 싫어

대충 찍고 엎드려 잠을 청하기 일쑤였다

그리고 어느 날 잠을 깨보니 지천명이 코앞이다

녀석은 여전히 말벌의 문양 같은 황금 배지를 달고

뉴스나 인터넷 속에서 으스대고

아이들은 그때처럼 숨어서 와글와글 댓글을 달고

나는 백지 답안 같은 막걸릿잔 앞에서

꾸벅꾸벅 졸음을 이기지 못하고 있다

세상은 달라진 게 하나도 없다

정의의 칼

뽀글뽀글 잘 끓인 찌개에서
갈치 토막을 건져주던 연미정 식당 아주머니에게
싱겁기로 유명한 회계과장이 한마디 툭 던졌다
"아줌마, 와 내 갈치 토막이 자보다 짧은교?"
퉁명스레 박 과장 말을 되받는 아주머니,
"짧으면 굵고 길면 가늘지요."라고 하는데
순간 마주친 그녀의 눈빛 속에서
디케의 칼날보다 예리한 무쇠칼 하나 번뜩였다
수천수만 번 넘게 도마를 내리찍었을 그녀의 칼날이
언제나 중심을 잡으려고 애썼다는 사실을 누가 알까?
눈 감고 천칭을 든 여신처럼
정의는 밥상머리에서부터 실현되어야 한다는 그녀의 심
오한 칼날
짧지만 도톰한 내 갈치 토막에도 여지없이 지나갔으리라
낮은 곳으로 흐르는 물처럼
수많은 사람이 인정으로 지켜낸 정의가
우리 집 밥상의 평화도 지켜냈으리라
세상은 불공평하다고 입버릇처럼 외치면서도

인지상정, 자꾸만 안으로 굽는 내 팔 위로
섬뜩한 칼날 하나 스치고 지나갔다

갈음옷

사는 동안 119 신세는 안 졌으면 좋겠지만
어쩌다 병원 응급실에서
구세주 같은 의사의 손길을
간절히 기다릴 때가 있다

옷 갈아입을 경황도 없이
츄리닝에 맨발로
전장의 포로처럼
무장해제된 사람들과 나란히 누워
처분만을 기다릴 때가 있다

세상은 큰 병원 같아
어둠의 사각지대에서
쓰러져 방치되거나
위급한 곳에 이르러
구원의 손길을 애타게 기다릴 때가 있다

고통이 광속처럼 달려가는 공간,

존재감 없이 구석으로 밀려나

투명인간 취급받는 이 몸이라도 벌떡 일어나

속수무책 아이의 병상을 지키는 저 새댁에게

따뜻한 커피 한 잔 건네주고

갈음옷 입고 햇빛 쏟아져 들어올 저기

유리문으로 걸어 나가기를 기다릴 때가 있다

심검당(尋劍堂)

"삼촌, 일로 오이소! 싱싱한 놈으로 잘해줄게"
방어진 활어 센터 순자네 아지매
그녀는 분명 나를 보고 호객 중인데
어라, 저 손에 쥔 회칼 좀 보소
쓰윽 쓱쓱, 맹인 검객처럼
저 혼자 무채 썰듯 오징어를 써는 중이나니
오징어 한 마리에 일백여 번의 칼질, 너비 오차 제로
그녀도 처음에는 손가락을 회 썰듯 했다는데
저 차가운 동해에 신랑 잃은 사연이나
하나뿐인 딸내미 꿋꿋하게 키워낸 억척이
춤추는 저 칼날 속에 숨겨져 있었나니
성난 파도 같은 모진 운명
칼 하나 들고 담담히 맞서다 보니
어느새 칼과 몸이 하나가 되었으리라

번뇌와 망상조차 단칼에 쳐낸 적 없이
하루하루를 맥없이 사는 나는 신들린 듯한 저 칼을 바라
보며

밭 매는 데 인이 박여 허리마저 호미처럼 굽은

내 어머니를 생각하나니

마중물

고향 마을의 오래된 물펌프
아무리 저어도 물이 터지지 않았다

닳아빠져 헐거워진 고무패킹
녹이 슬어 삐거덕거리는 관절이
도대체가 물이 터지기는 힘겨워 보였다

마침 지나가던 동네 할머니가
혀를 끌끌 차시며 물 한 바가지를 붓자
거짓말처럼 솟구치는 차가운 물

지층 깊은 곳의 지하수를 끌어내는 한 바가지의 물처럼
누군가에게 진심으로 손 내민 적이 없었다
그래서 속이 깊은 너를 알아보지 못했다

이제야 시원한 물 한 잔 네게 건네고 싶다

화두삼매

꿀항아리 속 벌 한 마리
황금빛 가사를 걸치고
장좌 불와 화두 삼매에 빠진 스님 같았다
화두의 실마리가 잡히면
윤기 나는 날개를 곱게 펴
금방이라도 만행길 오를 참인데,
몇 날 동안 꼼짝도 않는 모습을 보면
무심의 경계를 넘어설
찰나의 순간은 아득하기만 한 모양이다
어떤 의심 붙잡고 있기에
저리도 꼼짝 않을까 궁금하던 차에
무심히, 꿀을 찍어 혀끝에 굴리자
입안 가득 피어오르는
아카시아, 모란, 금낭화, 붓꽃, 하얀쌀밥꽃……,
벌은 이미 연화 세계를 날고 있었다

퀵서비스

오토바이 가게 앞을 지나가는데
다리를 걷어붙인 청년 하나가 빨간약을 바르고 있다
스패너를 든 가게 사장이
다 고치는 데 시간이 좀 걸릴 것 같다고 말하자, 청년 왈
배달이 밀려 큰일이라며 성화를 부린다
나는 오지랖 넓게 가던 길을 멈추고
"배달이 뭔 대수냐? 빨리 병원부터 가시라"고 말하려는데
청년의 휴대폰이 울린다
"죄송합니다. 사모님, 곧 도착합니다. 조금만 기다려주십
시오."
휴대폰에 대고 쩔쩔매는 청년의 정강이로
빨간약 서너 줄이 길게 흘러내리고
수시로 회사를 때려치운다는 내 입이 부끄러워
나오려던 말을 삼키고 가던 길을 재촉한다
오토바이 한 대 내 옆을 휙 지나간다

보행자 조작 신호

우리 동네에는 보행자 조작 신호등이 하나 있다

취한 밤 이놈 앞에 설 때마다 나는 희열한다

손가락 하나로 버튼을 꾹 눌렀을 뿐인데

금세 수많은 자동차들이 내 앞에 납작 엎드린다

아, 나라님이 아니고서야 누가 감히

이 바쁜 도로를 제멋대로 세울 수 있으랴

가만히 생각해보면 우리 아버지는 나를 얻고

5공 때 검사 정도를 기대하셨는지 모른다

전화 한 통이면 뭐든지 해결하는 절대권력,

어제 나는 그놈의 새파란 반말에 감히 대꾸조차 못 했는

데,

오늘 밤 나는 내 맘대로 조작할 수 있는

세상을 앞에 두고 바보처럼 히죽거린다

전조등을 끄는 것으로 내게 경의를 표하는 수많은 자동

차,

나는 사열하는 전두환처럼 그 앞을 지나가며 생각한다

"밤새도록 눌러봐?"

학성공원에서

가이드의 깃발 따라
왜장의 후손들이 구원병처럼 성을 오르는데
아직도 싸우자는 건지
겁나게 날을 세운 저 성벽은
여전히 성 밖 가난한 지붕들을 살피는데
어느 집 빨랫줄에서 나부끼는 붉은 머리띠 하나

'재개발 반대, 결사 투쟁!'

빨래를 너는 저 노파는 이제
성을 오를 힘도
싸울 힘도 없어 보이는데
힐끔힐끔 성을 바라보며
두 주먹 불끈 쥐었다 놓았다

나는 이 성에서 우물이 없어 식겁했다는 적장이
또 어느 성에서 블랙홀 같은 우물을 파고 있을지 궁금해
진다

* 학성공원 : 임진왜란 때 울산성전투가 벌어진 곳으로 왜장 가토 기
  요마사가 왜성을 쌓고 주둔한 곳.

오른손잡이의 변명

나는 오른손잡이다
오른쪽으로 발달한 내 근육들이 이를 증명해준다
들추기 싫은 나의 트라우마,
사실 나는 왼손잡이였다
오른쪽으로 쏠리게 된 순간들을 기억한다
밥상머리에서 혼나던 기억으로부터
오른손이라야 열기 쉬웠던 교실문,
오른손잡이만 낄 수 있었던 야구 글러브,
너는 나의 오른팔이라며 악수를 하던 직장 상사의 오른손
까지
오른손잡이만을 위한 세상에서
왼손잡이를 부정한 본능의 몸짓,
오른쪽으로만 발달한 내 근육들을 어떻게 해석하랴
왼쪽으로 쏠리는 나 때문에
내 어머니 남몰래 울었다는 사실을 그 누가 알까
숨은 내 사랑을 아무도 모른다

용의 발톱

사무실 한 귀퉁이 폐품 박스에
용 한 마리가 쑤셔 박혀 있다

행여, 육중한 몸이 미끄러질세라
크리스털 명패에
날카로운 발톱을 박고서 안간힘을 쓰고 있다

나는 녀석을 집어 올려
비늘이며 발톱이며 갈기를 만져보았다
이유 없이 눈을 부릅뜨고
발톱을 세우던 용은 어디론가 사라지고 순하기 짝이 없
는,
한 마리 가축처럼 처분만 기다리는 용이
내 손에 남아 있었다

마치 저보다 힘이 센 봉황을 만났을 때처럼
눈을 내리깔고
가끔 몸을 떠는 용을 보고 있자니

그건 분명 호통치는 용 앞에 서 있던 어제의 내 모습,

나는 문득 눈가가 붉어진 채
발자국 소리에도 놀라 달아나는
풀숲의 뱀처럼 변한
크리스털 용을 다시 폐품 박스에 던졌다
명패 따위가 필요한 게 아니었다
어디서나 움짓움짓 돋아나는
진짜 용의 발톱이 있는 한

추락

마우스 커서가 꼼짝 않는다
이렇게 앞뒤 없이 꽉 막힐 때는
단순명료한 처방이 제일이라
리셋 버튼을 눌렀다
수많은 점들이 화면 뒤로 추락한다
추락하는 세상은 너무나 가파르다
할리우드의 액션 영화처럼
옷깃이 난간에 걸리는 행운이나
행글라이더에 올라앉는 우연은 없다
너무나 매정하다

현실에서도 종종 리셋이 통한다
어젯밤에도 그제 밤에도
돌파구를 찾지 못한 누군가가
허공으로 사라졌다
현실의 리셋도 가상 세계처럼
계단이나 순차적인 절차가 무시된다

바탕화면이 새롭게 떠올랐다

리셋된 세상은 말끔하지만,

화면 저 너머로 추락한 나의 글은

폴더 속 어디에도 손톱자국 하나 남기지 않았다

신불산 칼바위

영남알프스에 날을 세운 신불산 칼바위
아침 햇살에 번쩍이고 있다
하늘에 맞서는 유일한 칼
이젠 눈 감고도 상대를 겨눌 수 있다
한 치 앞도 분간할 수 없던 칠흑 같은 밤,
거센 눈보라 속에서도
추호의 흔들림 없었다
저 붉은 태양으로 온몸을 벼리고
차가운 동해에 담금질하길 수만 년,
벼랑 아래로 가차 없이 베어낸 상념들은
정자해변의 수많은 몽돌이 되어 반짝인다
태양이 벼리고 바다가 담금질한 칼,
그 위를 걷자니
간밤의 두려웠던 마음 가시고
어느새 발걸음 가벼워졌다

SOS

지렁이 한 마리 죽을힘을 다해

콘크리트 뜨거운 광장을 가로지르고 있다

저 같은 속도로는 신기루처럼 가물거리는 오아시스

저편 파란 잔디밭에 닿지 못하고

사막의 조난자로 풀썩 주저앉을 것이다

천천히 온몸을 증발해가던 태양 사라지고

총총한 별빛 사이 희미한 옛 사랑의 그림자와 이별을 고

할 때

반짝, 은하수 저편 시리우스 성좌로 향하는

카라반의 행렬을 발견할 것이다

그리고 저이는 드디어 혼신의 힘을 다해

또르르 자신의 몸을 말고

세상에서 가장 간절한 신호를

신들의 창, 별들에게 보낼 것이다

SOS, SOS, SO…….

오래전 나는 회의 중이라는 이유로

너무 쉽게 친구의 전화를 받지 않았다

거울

호숫가 카페 주차장에서
약속 시간이 일러 차 안에서 쉬고 있는데
한 아가씨가 차 주인이 탄 줄도 모르고
차창을 거울 삼아 화장을 한다

잠깐이겠지 싶었는데
스킨, 로션, 파우더, 블러, 아이브로우 펜슬, 립스틱
보닛에 일렬로 진열되는 화장품들,
재바르게 화장을 끝낸 아가씨
가방을 챙기고 돌아서는가 싶더니
휙 고개를 돌려 다시 얼굴을 비춘다

약속 시간을 막 넘어가는 시계 초침이
빨랑 차문을 열어라 재촉하지만
얼른 나는 고개를 숙인다

전송한 원고를 다시 보고 또 보는 나처럼
구름으로 변신한 하느님도
호수에 비친 자기 모습을 자꾸만 바꾼다

폭염

길모퉁이 전파사 영감님

종일토록 앉은뱅이 의자에 앉아

길 가는 행인들을 쳐다보시는데

행여 누가 가게에 들어서기라도 하면

오래된 선풍기의 머리를 돌리면서

월남에서 두 다리를 잃고 돌아온 그해 여름이

일생에서 가장 뜨거운 여름이었다고 말씀하시다가

그래도 아들놈을 다시 볼 수 있었던 그때가

가장 신바람 났었다고 활짝 웃으시다가

살인적인 더위라며 투덜거리는 손님들에겐

아무렴 이곳이 전쟁터보다야 낫지 않느냐고

버럭 화를 내시다가

폭염이 지속된다는 라디오의 기상 예보에는

이 미제 선풍기만 있으면 걱정할 거 없다며

선풍기 버튼을 꾹꾹 눌러대시다가,

퇴근길의 나를 군에서 변을 당한 아들인 양 세워두고는

바람이 시원하냐고 묻는다

플러그가 뽑힌 줄도 모르는 채

제2부

장생포에서

파도처럼 출렁이던 청춘
울산 막노동판에 스며들어
돈 좀 더 벌어보겠다고
휴일, 긴급 정비 중인 유조선에 올라 철야 작업으로 기름
범벅이 되던 날
나의 큰 꿈 품은 고래 한 마리 어디론가 사라지고
검은 파도에 일렁이는 내 얼굴
기름인지
눈물인지
닦아내던 밤바다

다시 그 바다에 서보니
어쩌면 그 고래, 사라진 것이 아니라
저리도 푸른 포물선을 그리며
더 넓은 바다를 원고지로 시를 썼을 수도 있었겠다

소라게 1

집도 절도 없던 나였다
오랫동안 발품을 팔아 고르고 고른
석양이 아름다운 바닷가 집이었다
파도가 들려주는 노랫소리 들으며
혼자 살기 딱 좋은 집이라며 행복해했다
어느 날 좀 잘나가는 친구 집을 다녀와서는
생각이 달라졌다
발을 쭉 펼 수 있게
친구라도 데려올 수 있게
가구라도 하나 놓을 수 있게
조금 더 넓은 집을 소원했다
재바르게 발을 움직였지만
생각처럼 더 큰 집을 구하기란 하늘의 별 따기였다
그때부터 노을을 바라보던 나선의 계단도 싫증났고
끊이지 않는 노랫소리도 짜증났다
허영이 심한 허기를 불러왔다
폭식이 불온한 영혼을 달래게 되었다
천장에 머리가 부딪쳤고

창으로 어깨가 비집고 나왔다

끝내 나는 문밖으로 빠져나올 수 없었으며

결국, 집을 이고 다니는 노예 신세가 되었다

소라게 2

떠나자 친구야!
나는 너무 큰 집을 지키느라
좋아하는 세상 구경 한번 제대로 못 했다

사람이 집 때문에 사는 것은 아니다
비 피하고
다리만 펼 수 있으면
길이라도 좋고
아니라도 좋고
바다라도 좋고
산이라도 좋다
냄비를 걸고
불을 피우고
붉게 물드는 서산 하늘 바라보자
길 위에서 만난 사람들과
술 마시고
노래하며

춤도 춰보자

친구야!
이제는 집을 이고서라도
세상 구경 떠나자꾸나!

반구대 암각화

아버지의 가계부는
세월이 가면서 점점 빛바랜 영광이 되어갔다

뒤란 궤짝에 버려져
잊혔던 놈을 꺼내 딱지로 만들었다

동무들과 어울려
팔이 빠지도록 딱지 치던 날
딱지 속에서 먼 고래 울음소리가 들려왔다

풀어헤쳐 자세히 살펴보니
어린 새끼를 등에 업은 말향고래 한 마리
숨구멍으로 급하게 물을 뿜어내고 있었는데

위태롭게 쪽배를 탄 아버지가 물귀신처럼 포효하며
푸른 파도 춤추는 바다 깊숙이
작살을 던지고 있었다

아버지의 가계부는 한 마리 말향고래의 항해일지였다

나목(裸木)

어느 해, 겨울 아침
우체통 앞을 서성였네

밤새 써 부친 편지 네게 들킬까 봐
가슴 졸이던 시간이여

가지 끝 마지막 잎새처럼
소인도 없이 사라진 내 가난한 글자들이여

발가벗는다는 건, 바로 그런 것이었네

젊음의 거리

수많은 청춘들이 밀물처럼 밀려드는 거리
가게마다 울려 퍼지는 음악,
파도처럼 나를 춤추게 한다
웃음을 지지는 먹자골목을 지나면
노동의 수고가 술술 넘어가는 막걸릿집이 나오고
그윽이 우정을 내리는 커피집을 지나면
활활 타오르는 사랑은 질끈 눈감아주는 소방서가 나온다
가난한 예술가들의 양심을 팔지 못하는 갤러리에서
내 가벼운 지갑을 연다
아내가 행복을 입고 나오는 착한 옷가게,
간혹 첫사랑을 못 잊은 마도로스가 추억의 닭발집에서
홀로 소주잔을 기울여도 영화처럼 그림이 되는 거리,
사람이 거리가 되고
거리가 사람이 되는 곳
울산 중구 성남동에 가면
걷기만 해도 푸른 물이 들 것 같은
젊음의 거리가 있다

아지트

청춘 너댓이면 구겨 앉아야 했던
소싯적 친구의 자취방
선데이 서울을 뒤적이다
몽정으로 부르르 떠는 녀석을 밀치면
아무런 약속도 없이 하나, 둘
미닫이를 열고 들어오던 반가운 얼굴들
최루탄 춤추던 거리보다 더
펄펄 끓는 라면 국물을 안주 삼아
전쟁 같은 사랑을 꿈꾸고
부조리한 세상에 분노하며
부어라 마셔라 술에 취해도
아무 탈 없던 해방구

살다 보면 가끔씩 청춘보다 더 벼랑 같은 저녁이
외로움이란 이름으로 내려올 때가 있다
이런 날은 불쑥 찾아가도 일없는
친구의 자취방 같은
작은 거처 하나 있었으면 좋겠다

바통터치

오래전 사이드 카*가 발동된 날
신두리 사구에서 그를 만났다
그는 깔때기 모양의 모래 덫을 파고
길을 잃고 헤매는 누군가를 기다리고 있었다

그는 참으로 무시무시하게 생겼다
턱이 크고, 날카로운 두 팔은 털북숭이였다
태양이 절정을 이루는 정오,
모래 속에서 튀어나온 그의 팔이
축 처진 내 어깨를 찍어 내렸다

그날 이후, 나는 모래 덫에서
끊임없이 기어오르며 탈출을 기도했다
하지만 모래는 허우적댈수록 더욱 나를 덮쳐왔다
자꾸만 깊고 넓어지는
지옥의 모래와 끊임없이 싸우다
어느 날 문득 정신을 차려본즉
개미지옥엔 나밖에 없었다

바로 내가 개미귀신이었다

나는 이제 길을 잃고 헤매는 누군가를

하염없이 기다리고 있다

그에게 개미지옥을 물려주고

나를 점찍었던 개미귀신처럼 다시 길을 떠나기로 한 채

* 사이드카 : 주식시장에서 평소보다 급등·급락할 때 일시적으로 매
  매를 정지하는 제도.

늦봄

제발 제발 제발
제발 제발 제발

무논의 개구리
짝이 다 맞으면
저리 애타게 빌까?

연애하기도 좋은 날은
술 마시기도 좋은 날
노총각 김샘의 농막 너럭바위에서
남정네끼리 술을 마시는데
참개구리 한 마리 풀쩍
내 옆에 앉았다

시발 시발 시발
시발 시발 시발

보수동 헌책방 골목

그곳은 성업 중인 활자의 광산
켜켜이 쌓인 책들의 퇴적층
얼마나 수지맞는지
좁고 긴 미로를 수없이 만들었다
책 먼지 피우며
자음과 모음을 캐내느라 정신없는 광부들
끼니때가 지나도
바깥에 어둠이 내려도
작업을 멈추지 않는다
먹지 않아도 배부르고
하루 종일 일해도 시간 가는 줄 모르는
시공을 초월한 별천지,
나는 그곳의 비밀을 알아차리고
과거로 가는 시간 여행을 떠나기 위해
한 권의 책을 펼쳐 들었다
보리피리/ 한하운/ 인간사/ 1955년 재판

역전다방 미스 김

역전다방 미스 김이 떠나가네
철길에 핀 코스모스처럼
하늘하늘 휘청휘청 가냘프게 떠나가네

푸른 제복 군인들이 많던 영천은
봄꽃처럼 화사하게 왔다가
가을바람처럼 쓸쓸히 떠나는
미스 김 같은 여자들이 많았네

어린 내게 상냥했던 그녀였네
동네 여자들 눈총 따가웠지만
한달음에 달려가 가방 들어주었네

칙칙폭폭 기차는 들어오고
조르바의 여인 부불리나처럼
허리 굽힌 그녀가 내 볼에 키스해주었네

역전다방 미스 김이 떠나가네

철길에 핀 코스모스처럼

하늘하늘 휘청휘청 가냘프게 떠나가네

달맞이꽃

야반도주할 남자가 아직인지
그믐밤 강섶에 웅크린 여자 하나
뾰로통한 얼굴 드러냈다

강물 속 왜가리 한 마리
아직 저녁 끼니를 해결하지 못했는지
긴 부리 물속을 바라보며 꼼짝 않고 서 있는데,
한 줄기 사늘한 바람 그녀에게 속삭인다

현실은 저렇게 고달프라
현실은 저렇게 외로운 거라

어느새 눈가에 촉촉이 이슬 맺힌 그녀,
그이 아니면 그 누구에게도 마음 줄 수 없단다
그이 아니면 그 누구도 사랑할 수 없단다

나는 고전적인 이 밤이
행여 비가 오지 않을까
강변을 서성인다

추억을 폭격하다

내설악 오세암 가는 길에
돌풍에 떨어지는 단풍비를 맞는데
내 몸 저 깊은 곳에서 폭발음이 들려오기 시작한다

콰아앙 콰아앙 콰아앙
어설픈 위장막으로 웅크린 표적들로
붉고 노란 포탄들이 쉴 새 없이 떨어지고 있다

포물선을 그리며 솟구쳤다 가라앉는 무수한 파편들,
그 속에는 도무지 잊지 못할 장소가 있고
시간이 있고, 사람이 있다

삶의 모서리마다 부딪혀 굳은
내 안의 상처들이 산산조각 나고 있다
수많은 포탄에도 살아남은 표적 하나

한때 죽을 마음으로 이 산을 찾았던 사내 하나 있었다

매미

오랜 토굴 생활을 접고
저자에 나온 파계승에게
특별한 연애의 기술을 기대 말라
젖 달라고 보채는 아이처럼
사랑도 일단 지르고 보는 거다
무작정 그녀의 집으로 찾아가서
목청껏 노래한다

영희 좋아
영희 좋아
영희 좋아

시끄럽다는 동네 형님들의 주먹세례에도
나무에 올라
창가에 붙어
몇 날 며칠 그냥 그렇게 내질렀더니

철이 좋아

철이 좋아

철이 좋아

한때 나도 사랑 때문에

아무것도 보지 못하던 때가 있었다

오래된 엘피판

나는 알고 있다, 김정호 3집
〈하얀 나비〉가 끝날 즈음이면
전축 바늘이 턱턱 걸려 같은 소절만 반복한다는 것을,

꽃잎은 시들어요 슬퍼하지 말아요
꽃잎은 시들어요 슬퍼하지 말아요
꽃잎은 시들어요 슬퍼하지 말아요

나는 또 알고 있다, 소주 석 잔이면
몸을 가누지 못할 내 오랜 친구가
저 엘피판처럼 했던 말 또 하고 했던 말 또 할 거란 것을,

아버지 없이 나를 키운 불쌍한 우리 어무이
아버지 없이 나를 키운 불쌍한 우리 어무이
아버지 없이 나를 키운 불쌍한 우리 어무이

그리고 나는 또 알고 있다
걸린 전축 바늘을 넘겨주면 〈빗속을 둘이서〉란 노래가 흘

러나오듯

　고향 마을 약방집 셋째 딸 이야기만 꺼내면

　친구의 술주정이 첫사랑으로 바뀐다는 것을

별을 먹다

커다랗게만 된다면
내 몸이 일순간 폭발하는 고통쯤이야
얼마든지 인내할 수 있다고 생각했죠

작고 보잘것없는 열등의 유전자
수많은 낱알 중의 하나로 덧없이 한세상 살다 가기에는
내 안에 감춰진 욕망이 너무나 강렬했죠

간절히 별이 되길 소망했죠
은하의 궤도를 따라 도는 빛나는 별,
밤하늘을 쳐다보며 나를 동경하는 수많은 사람들을 상상
하며
가모프의 빅뱅 이론을 생각했죠

수천억조 분의 일 초 만에 이루어진 순간 폭발

아, 질량 없이 갑자기 팽창하면
속을 채우지 못하는 미완의 별이 된다는 사실을 난 몰랐

어요

새롭게 태어난 내 몸은 너무나 가볍고 얇아

갓난아기의 손아귀에도 그만 바스라지고 말았죠

기억해주세요

내 비록 뻥튀기로 소멸하지만 별을 꿈꾸었다는 사실을

통리역

눈 내리는 날 그대
통리역에 내리면
미궁 같은 하얀 통 속에 빠지리라

기차에서 지금 막 내린 사람이나
어디론가 떠나려는 사람, 모두
대합실을 마주 보고 선 두 개의 문을 열어야
겨울을 밀봉한 통 속 세상으로 들어갈 수 있다

그곳에는 기차가 끌고 온 방황의 그림자가
배낭을 둘러멘 채 통 속 세상을
낯설게 두리번거리고 있을 것이며
눈발을 몰고 다니는 하얀 바람은
시린 하모니카를 불며 통속으로 미끄러질 것이다

정신없이 빠져들며 두리번거리다
손이라도 잡아주는 사람 하나 만나면
이미 당신은 돌아 나올 길을 잊었다는 얘기

만약 당신이 눈 내리는 날
통리역에 내리게 된다면
입구를 밀봉한 코르크 마개를 뗄 때부터
꼭 돌아올 길을 표시하여야 한다

그래야만 잊었던 아리아드네의 눈물을 더듬어
역사를 찾아 나올 수 있을 것이다

드라이플라워

누굴 기다리는지
얼마나 오래 기다렸는지
묻고 싶지도 않다

희미한 조명을 타고 내리는 먼지는
망각의 요술 가루
그것이 차곡차곡 쌓여
모든 것을 덮을 때
나는 게으른 낮잠에 빠진
망각의 공간으로 간다

가시마저 감싸던 부드러운 손길,
빨알간 꽃잎에 입 맞추던 비밀의 키스
영원을 약속했었다
그때 그 모습 그대로 아직도 기다리는가?
꽃은 이제 형상뿐
그 약속 모두 먼지에 묻혔다

어쩌면 그는 이제
누굴 기다리는지
얼마나 기다렸는지조차
잊었을지도 모른다

심해어처럼

심해어처럼 초점이 흐릿한 티눈

누구는 손바닥에 안에
세상 이치가 다 들어 있다는데

투박한 내 손안에는 오래전부터
가슴이 울컥거릴 때마다
감정선을 튀어 오르는
물고기 한 마리 살고 있습니다

누르면 아프고 눈물 나는 물고기 한 마리
운명선과 생명선을 가로질러
물살을 힘차게 거슬러 오르고 있습니다

제3부

유채꽃 멀미
― 제주 4 · 3 평화공원에서

노란 파도 위에 고립된 섬

난파된 시간 속으로 떠밀려와

돌에 새긴

두 아이의 이름

4세 김관주, 2세 김관주

이름도 없는 동생에게

이름을 빌려준 관주 언니, 관주

미처 이름이 되지 못해

언니의 이름을 빌린 관주 동생, 관주

계절의 바퀴를 수십 번 돌고 돌아

꽃으로 정박한

관주 동생 관주

관주 언니 관주

혹여 이 아이들을 아시나요?

딱성냥

— 청계천 전태일 열사 흉상 앞에서

딱 한 번뿐일지라도, 그대
무언가를 불사르고 싶어 기도한다

켜켜이 일어나는 메마른 입술
무언가 스치기라도 한다면
금방이라도 불 일 듯하다

손톱만큼도 스스로 태울 수 없는 운명
오늘 밤 그대는 홀로 깨어
충혈된 눈을 비비고 있나니,
어떤 기도가 이리도 건조한가
그대의 간절함은 하늘에 닿아
잠자던 이들을 흔들어 깨운다

유황불 속에 활활 타오르던 그대
순교자의 모습으로 내게 손 내민다
그대의 거룩한 불도장 내 손바닥에 아로새긴다

딱 한 번뿐일지라도 거룩한 불꽃으로 살고 싶다

화려한 휴가

사이다 같은 여름휴가를 얻어
광주 5 · 18묘지에 갔었네
땅끝마을 바다펜션 가기 전에
밀린 숙제하듯 성의 없이 갔었네
일곱 살 아이는 푸른 묏등에서 뛰어놀고
앞서서 나가니 산 자여 따르라
앞서서 나가니 산 자여 따르라
매미들은 깃발처럼 나무에 올라
목이 터져라 노래를 부르고 있었는데, 나는
술 한 병 없이
눈물 한 방울 없이
노래 한 곡조 없이
서둘러 분향을 끝내고 저만치 멀어지는 아이를
햇살이 따갑다며 부르고 있었네
세월은 흘러도 산천은 안다는데
아, 5월만 되어도 가슴 뜨거워지던
그때의 나는 어디로 가버렸나요?

꽃편지 1

4월 밤, 꽃 피는 길에서 또 서성이네
기울어지는 배에서도 서로 웃음을 잃지 않던 아이들이
하얀 꽃으로 겹겹이 피어난 듯하여

녀석들이 아니고서야 이렇게
하얀 이를 드러내고 웃을 수는 없는 거지
녀석들이 아니고서야 이렇게
서로 마주 보고 재잘거릴 수는 없는 거지
녀석들이 아니고서야 이렇게
하트 권총 연신 날리며 윙크를 보낼 수는 없는 거지
녀석들이 아니고서야 이렇게
녀석들이 아니고서야

몇 번의 봄이 지나가고
해마다 아이들은 찾아왔지만, 그해 봄 진도 앞바다에
영원히 묶여 있을 것 같던 침묵의 닻을 사람들은
이제야 끌어올렸네
꽃으로 피어 친구의 안부를 묻고

진실을 인양해달라는,

세월호 같은 슬픈 이별을 다시는 없게 해달라는,

아이들의 바람을 아직 알아듣질 못하지

4월 밤, 꽃 지는 길에서 서성이네

기울어지는 배에서도 서로 껴안으며 희망을 잃지 않던 아이들이

후드득, 봄바람에 흩날려 은하수 저편으로 돌아가는 듯하여

꽃편지 2

그해의 봄을 몽땅 안고
수학여행 가던 아이들이 별이 된 이후
해마다 4월이면 나는 창가 벚꽃으로 내려와
야외 교실을 차리는 저 아이들 때문에
안절부절못한다

선생님의 헛기침에도 흰 웃음이 빵,
터져 나오는 아이들
쉿, 오늘 야간 자습은 가족들에게 못다 쓴 편지 쓰기
우우우, 다들 엎드려
꾹꾹 편지를 써내려가는데

편찮은 엄마 아빠를 걱정하는 다윤이
고단한 세상을 위한 노랫말 짓기에 바쁜 현철이
엄마가 사준 축구화가 마음에 든다는 영인이
하고 싶은 게 너무 많았는데
먼저 별이 되어서 미안하다는 은화
괜찮다며 잘 있다고

절대 걱정하지 말라며

빼곡한 꽃잎들 환하게 피어나는데

일기예보는 앞다투어 상춘 특수를 걱정하며

채널마다 밤비를 예고하고, 나는

다급한 마음에 온종일 창가를 서성이며

꽃받침 하나라도 떨어져 문장이 되지 못할까 봐

사진기에 찍고 찍다

먹먹함만 또, 전송하고 말았다

그대 나를 용서 마라

저 산에 꽃 피면
그대 생각하겠노라 말해놓고 어느새
봄 산으로 다투어 꽃구경 간 나를
그대 절대 용서 마라

이 거리 꽃으로 덮이면
그대 생각하겠노라 말해놓고 어느새
봄비에 떨어질 꽃잎, 봄 소풍 걱정하는 나를
그대 절대 용서 마라

그대 생각하면
숨 쉬는 것조차 미안하다 말해놓고 어느새
TV 코미디를 보며 깔깔거리는 나를
그대 절대 용서 마라

그대 생각하면
밥알이 모래처럼 까칠하다 말해놓고 어느새
입맛 없는 계절이라 봄미나리, 산나물로 배부른 나를

그대 절대 용서 마라

그대 아직 물속에 그대로인데
그대 꽃이 되었네
그대 바람이 되었네
그대 별이 되었네

개발새발 쓴 시로 어느새
봄밤을 담담히 서성이는 나를
그대 절대 용서 마라

그대 아직 물속에 그대로인데
단 1밀리도 끌어올리지 못했는데
그대 아닌 스스로를 위로하기 위해 이 자리에 선 나를
그대 절대 용서 마라

아침밥상
　— 고 황지현 양의 명복을 빌며

그 바닷가에는
몇 달째 바다에서 돌아오지 않는 아이를 위해
매일 새벽 차려지는 아침 밥상이 있다
바다로 던진 밥알이 가라앉지 않고 맴돌기만 하여도
수저를 든 엄마가 새까맣게 등대가 되어버리는 항구,
이곳의 아침 선착장은 출항하는 어선도 없고
만선을 기다리는 갈매기도 없다
어서 김말이라도 먹고 학교 가라며
오로지 바다에 읍소하는 어머니의 기도 소리뿐

파도여 부디 이 엄마의 눈물을 전하여다오
파도여 부디 이 엄마의 기도 소리를 전하여다오
파도여 부디 이 엄마의 밥 내음을 전하여다오

2014년 4월 16일부터 시간이 멈춰버린 항구,
전라남도 진도 팽목항에 가면
바다에서 돌아오지 않는 아이를 위해 매일 새벽 차려지는
세상에서 가장 애절한 아침 밥상이 있다

압록강

강 저 깊은 곳에서
역사의 한 페이지를 찢어
소리 없이 떠오를 것 같은 피비린내 대신
달큰한 젖 냄새가 났다

망원경으로 들여다본 양강도 혜산 강변
빨랫방망이로 봄을 깨우다 말고
보채는 아이에게 가슴을 풀어 젖을 물리는
아낙네가 보였다

아, 저이들은 자식을 위해
목숨 걸고 강을 건너는
구걸도 서슴지 않는
아이를 안고 국경도 뛰어넘는
철조망 저편의 우리 어머니였다

강에서는 젖 냄새가 났다

숙제, 살아서 돌아오기
— 세월호 아이들을 추모하며

아이들은 끝내 살아서 돌아오라는
선생님의 숙제를 풀지 않았다
어른들은 용서 못 할 통곡의 바다를 만들어놓고도
라면을 끓여 먹어야 했고
기념 사진도 찍어야 했고
다가오는 선거 표 계산도 해야 했다

그래, 산 사람은 어떻게든 살아야지
아이들이 풀 수 없는 숙제로 발을 동동 구를 때도
천안함, 서해페리호가 침몰되었을 때도
한강 다리를 폭파했을 때도
먼 옛날 오랑캐가 강토를 짓밟았을 때도
슬픔은 언제나 돈 없고, 백없는 가난한 사람들의 몫,
나라님은 언제나 배를 버린 세월호 선장이었다

아이들아!
아름다운 봄날의 동산이구나
숙제하기 좋은 곳은 놀기에도 좋은 곳

꽃 피는 날은 소풍 가기도 좋은 날이 아니더냐

오늘은 아빠가 어렵게 납부한 수학여행비 신경 쓰지 말고

오늘은 숙제 안 하냐는 엄마의 잔소릴랑 까맣게 잊어주렴

이제는 그렇게 어깨동무한 친구들과 웃고 떠들고 장난치며

신나게 놀다가 돌아와주려무나

촛불 연가

어둠 앞 촛불을 들고
광화문 이순신 장군 동상 앞에서
박근혜 탄핵이라 외쳤네요
쓸개 빠진 사람처럼 울산에서 서울까지
을에서 갑이 된 듯
가장자리에서 중심이 된 듯
고래고래 고함을 질렀네요
장군은 동상이 되어서도
두 눈 부릅뜨고
빌딩 저 너머 적들을 지키시고
우리의 적은 항상
차벽 너머 저 안에 있었다며
장군께 억울하지도 않느냐고
고래고래 고함을 질렀네요
그해 봄을 몽땅 안고
아이들이 바다로 질 때도
물대포에 사람이
죽어 나가떨어질 때도

저 안은 꽃단장 잔치판을 벌였다고

반주에 취해 횡설수설,

자정 넘어 새벽이 되어서도 장군은 눈 하나 깜짝 않으시

는데

졸음에 전의를 상실한 채 나는 그만

장군의 갑옷 자락에서

꿀잠에 들고 말았네요

평화의 소녀상 앞에서

한 소녀가 길가에 앉아 있다
삭둑 잘린 단발머리, 어깨에 내려앉은 새 한 마리, 차가운
맨발
우리는 반역의 세월을 뒤로하고
이제는 늙어버린 소녀의 이야기를 안타까워한다

공장 간다던 댕기 머리 소녀는
어느 날 찰랑 동구 밖으로 사라졌다
지옥 같던 전쟁터에서
성노예로 짓밟히던 날, 소녀는
돌아갈 고향을 지웠고
어머니, 아버지를 지웠고
소중한 사랑을 지웠고
그 영혼마저 지우고
마침내 숨통마저 끊어 죽음의 강을 건널 때
소녀를 찾아 나선 우리는 아무도 없었다

역사는 돌고 도는 것

화냥년, 정신대, 양공주
비겁한 우리는 늘 소녀의 희생을 외면했다
일제 식민, 친일독재의 이 땅은
또다시 자본의 식민지로 전락하고
고압 철탑, 고공 크레인으로 올라
'인간답게 살고 싶다'는 소녀의 절규를
우리는 또다시 들어야 했다

소녀여! 치욕의 세월 담담히 걷어내고
어렵게 길 위에 나선 영혼이여!
그 눈물 다시는 이 땅에 적시지 말아야 한다

우리는 부정이 정의로 둔갑한 반역의 역사를 바로 세우고
잘려나간 소녀의 댕기 머리 곱게 땋아주어야 한다
먼 길 돌아오느라 부르튼 맨발 곱게 감싸주어야 한다

* 박인환의 「목마와 숙녀」 운율을 일부 빌리다.

쇠뿔산
— 밀양 송전탑 건설 철회 운동 농성장에서

밀양시 부북면 위양리 덕촌할매 꿈속에 마을의 영산(靈山) 화악산이 보였다. 산은 화살 박힌 표범처럼 등에 거대한 철심이 박힌 채 비명을 지르고 있었다. 할매는 기가 막힌 나머지 산을 가리키며 "어 어 어" 망연자실할 뿐이었는데, 이 마을의 수호신 마고할미가 할매의 등짝을 후려치며 불호령을 내렸다.

"야, 이 사람아! 산이 숨 넘어가게 생겼는데 여기서 뭐 하고 있는겨?"

화들짝 꿈에서 깨어난 할매는 그날로 무병을 앓는 사람처럼 시름시름 시들어갔다. 저 멀리 송곳처럼 예리한 쇠뿔을 달아 오는 산들이 두려워졌다. 마실을 나가도, 밭일을 나가도, 나물 캐러 산비탈을 올라도 언뜻언뜻 보이는 그것들이 심장을 찌를 것 같아 기겁하기 일쑤였다. 날이 밝아도 쇠뿔산 때문에 가슴이 벌렁거려 방문을 열기가 싫어졌다. 해거름 마을에 뾰족한 산 그림자만 내려와도 가슴이 철렁 내려앉았다. 귀에는 주야장천 마고할미의 불호령이 왕왕거렸

다. 온갖 약과 의술을 다 써도 부들부들 떨리는 손발이 멈추
지 않았다.

어느 날 밤 할매는 조용히 자리에서 일어나 화악산으로
올랐다. 꿈속 철심이 박혔던 산등에 터를 잡고 움막을 지었
다. 산도적을 막아줄 해자를 파고 철조망도 쳤다. 그제야 죽
을 것 같던 할매의 몸이 새털처럼 가벼워졌다. 때마침, 오늘
막 급소를 찔린 산봉우리 하나가 신음하는 소리가 들렸다.

"할미님, 할미님, 마고할미님, 이제 저 산들의 몹쓸 쇠뿔
들을 하루빨리 뽑아주시소"

치성을 올리던 할매의 눈물 한 방울이 정화수 대접에 뚝
떨어져 파문이 일었다. 움막에 걸어둔 쇠사슬이 덕촌할매
의 갑옷처럼 달빛에 휘번쩍였다.

철탑 1
— 2013년 8월 현대차희망버스 현장에서

저것은 이 세상에서

가장 높고

가장 낮고

가장 무겁고

가장 가볍고

가장 뜨겁고

가장 차갑고

가장 시끄럽고

가장 조용하고

가장 절망적이고

가장 희망적이고

가장 너덜너덜하고

가장 화려한 십자가

아, 오늘 밤 나는 그래도 자기는

희망의 십자가를 지고 간다는 구레네 사람 시몬을 보았다

* 현대차희망버스 : 2012년 10월 17일 최병승, 천의봉 현대자동차 비
  정규직 조합원이 현대차 불법 파견 인정, 대법 판결 이행 등을 요구
  하며 현대자동차 공장 인근 고압 송전탑에 올라 장기 농성에 돌입
  하자 이들을 응원하기 위해 전국에서 울산으로 결집된 버스.

바보 주막

정치인은 다 도둑놈이라지만
가끔은 퇴근길 허름한 주막에서
동네 형님 같은
노무현을 만나고 싶다

파전 한넙떡이보다 값싼 시급에
하루를 저당 잡힌 노동자들이
축 처진 어깨로 드러럭 문을 열고 들어서면
'어이 동생! 고생했네'라며 술잔을 채워줄
노무현을 만나고 싶다

세상은 구호품을 던져주는 큰 공설운동장 같아도
이리 치고 저리 치여
날개를 다치거나
숨 막혀 죽는 사람들이 있어
구석진 자리 홀로 웅크린
조등 같은 눈동자를 위해
'이의 있습니다!'라고 외쳐줄

노무현을 만나고 싶다

거짓이 진실로 둔갑한 세상을 염하듯
가장 먼저 울기 시작해서
가장 늦게까지 울어줄 바보
노무현을 만나고 싶다

노무현

모두가 웃고 있어도
줄 위에서 선 저 남자만은 지금
발이 타고,
속이 타고
똥줄이 탈 것이다

저 줄 저 끝에는
탯줄로 이어진 그의 어머니 물끄러미 서 있을 것 같고
저 줄 이 끝에는
위험한 명줄 아찔해 보이는데

하늘에서 내려온 튼튼한 동아줄도 아니고
출세가 보장된 공천줄도 아닌
위험천만한 줄에 올라선 저 남자,
기우뚱, 심하게 요동치는 줄 위에서
부채를 펴든 그가 이렇게 말한다

"이 줄이 바로 내 밥줄이올시다"

한때 저보다 더 위험한 줄 위에서
균형을 잃어버린 세상을 향해
"이의 있습니다"라고 외친
노무현이라는 사람도 있었다

처용암

하관이 발달한 이방인 비플람 칸*이
공사장에서 고철 수집 작업을 하는 동안
파선 조각을 붙잡고 바다를 떠도는 조난자처럼
마비되어오는 그의 팔에서 파도 같은 경련이 일었다

생존을 위해 노를 저은 흔적
마음이 급해질 때마다 그의 항해는 오리무중이다
그가 고해의 바다를 벗어나지 못하는 데는
그의 팔이 힘이 빠져서라기보다
아직도 제 몸 하나 딛고 일어설 제대로 된 섬 하나 찾지
못했기 때문이다
동방 극락정토에 가면
아무 걱정 없이 산다고 했다
출항은 순조로웠다
순풍에 돛 단 배는 시원하게 미끄러졌다
검은 폭풍이 밀려오고
아내를 잃고 딸 하나만 남겨지기 전까지는,
이방인의 휴대폰이 울렸다

부르르 떠는 그의 팔에서 태양 같은 그의 딸과 손주가

섬처럼 떠올랐다

"할아버지 힘내세요!"

* 비플람 칸 : KBS〈인간극장〉에 출연함. 방글라데시에서 한국에 온
  이주노동자.

체 게바라와 점심 먹기

숙취가 덜 깬 점심시간
해물탕 속 미더덕을 건져 씹었다
펑, 방심했던 입안이
자살 폭탄 테러를 당한 시장통처럼 후끈하다
풀린 눈앞으로 번쩍하는 섬광이 스치고
머리 위로 화끈 후폭풍이 지나간다
흥정에 불붙었던
어물전의 홍합, 백합, 대게, 망둥어
채소전의 부추, 상추, 파, 콩나물들이
펄펄 끓던 해장국집 냄비들이
하늘 높이 떠올랐다 떨어진다
너덜해진 입천장이 시장통 여기저기로 흩어진다
용의자를 하얀 접시에 내동댕이치자
허물어진 그가 체 게바라처럼 나를 쳐다본다
혁명은 피를 부른다 했던가?

은행나무 암수 교체 사업

잘 익은 가을을 뽑아내는 고약한 사람들아!
이제 제발 좀 그만하자

그 옛날, 똥장군 진 우리 아버지
마당에서 코 막고 오만 인상 다 쓰는 우리 형제 앞을
껄껄껄 웃으시며 지나셨지

저이들도 잘 삭힌 저 향기 안에
수천, 수억 년을 이어온
절대 사라지지 않을
소중한 씨앗을 품고 있나니

거미

집까지 잃고 바닥으로 떨어졌을 때가 있었다
다시 기초를 세우기란 막막했다
심한 허기가 몰려오기 전까지는 그랬다

먼저 세로줄을 치고
가로줄에 끈끈이를 바르며 먹이가 걸려들 생각을 했다
조상 대대로 각인된 오래된 설계도였지만
건물의 치수가 정확해야만 했다
간혹, 눈이 좋지 않아
스스로 친 덫에 걸려 죽는 경우도 있었기에

집을 짓자마자 세로줄이 출렁거렸다
운 좋게 먹이가 걸려든 것이다
그때 나는 포식을 하며 집을 짓는 일이란
중력과는 상관없는 일이란 것을 깨달았다
집이란 내 안의 헛헛한 허기를 달래는 도구
그 이상도 그 이하도 아니었다

그날, 나는 우주에도 집을 한 채 더 지었다

제4부

고수레

먼 친척 결혼식 뷔페에서
백발 큰어머니가 허리 굽혀 비닐봉지에 떡을 담으신다
자식들 남사스럽다는 만류에도
율무단자, 유자설기, 오색송편
색색의 고운 떡을 정성스레 챙기신다
층층시하 종가로 시집온 지 언 60여 년
시누, 시동생, 자식들 시집 장가보낼 때마다
이바지, 채반, 큰상도 손수 다 차려내고
술 빚고 밥 지어 조율이시, 홍동백서
사대봉사 진설한 제사상만도 골백번 넘었던 것이었다

큰어머니 들어선 해거름이면
큰집 대청에 나앉은 백 살 묵은 우리 할머니
팔순 며느리가 가져온 저 무지갯빛 고운 떡을 떼어 던지며
'고수레'라 외칠 것이다
큰어머니, '고수레'라고 주문하며 이 시간을 건너가실 것
이다

새

한평생 욕심 없이 산 우리 어머니
뼈 사진을 볼 때
새가 되기로 한 것이 틀림없다

새처럼 하늘을 나는 원리는 의외로 간단하다

뼛속까지 비우고
몸을 가볍게 한 다음
알맞게 불어오는 바람 앞에 두 팔을 활짝 벌리고
깃털 같은 기분으로
사뿐히 몸을 맡기면 그만이다

어느 날부터 어머니는
생의 날갯죽지를 짓누르던 기억들조차
하나씩 하나씩 지우고 있었는데
이마저도 새가 되려는 방편이었으리라

나도 새처럼

자유롭게 하늘을 나는 상상을 자주 하곤 했었는데

아직은 한참 멀었다

내 안에 탐심을 버리려면

한 오십 년은 더 걸릴 것 같다

동백꽃

내 손등에는 꽃 한 송이 피어 있네
산소 용접기가 피워낸 청춘의 고생 별곡
한때, 감출 수 없는 가난 때문에
한 소녀의 눈빛을 외면한 적이 있었네
너절한 작업복을 벗어던지고
푹푹 빠지는 눈길을 걸어 함께 마가리에 가고 싶던 소녀,
총총히 사라진 그녀의 발자국처럼
내 몸 구석구석 피었다 져 내리던 무수한 불도장
아, 사랑이란 붉은 피 뚝뚝 떨어지는
흰 눈밭의 저 동백꽃 같은 것을
그녀와의 이별은 내 안의 나
궁색한 주머니를 닮은 내 손등을 숨긴 까닭이었네
아내가 동백꽃 같다며 쓰다듬는
이 상처를 숨긴 까닭이었네

천수보살

할머니 생전에 다니시던 절집 마당에
하얀 목련 피어나네

차가운 비 무연히 내리는 중에도
하늘 향해 다소곳이 합장한 하얀 손들

아무도 모른다네
아무도 모른다네

매일같이 새벽길 올라
지극정성 기도하시던 하얀 손들

처서

서울에서 성공했다는 최씨 아재
벌초 때마다 양일댁을 찾아
봉투 하나 슬쩍 건네려다 실랑이를 벌인다

"아지매, 우리 식구들 배 곯을 때 양식 자루 몰래 갖다 놓고 가신 거
그걸 지가 어떻게 잊겠습니꺼?"

북받쳐오는 가난의 추억
아재의 눈가에 매달려 주렁이면
그만 눈시울 붉히며 무장해제되고 마는 양일댁

"아재는 그게 뭣이라고, 맨날 이러시노?"

십수 년째 두 사람의 한결 같은 실랑이,
아재는 저 봉투를 마루에 던져놓고 도망치다시피 떠날 것이고
양일댁은 작년처럼 참기름병을 들고 아재의 뒤를 쫓을 것이다

얼음물 보시

태백산 아름드리 주목 아래
누군가 얼음물 한 병 놓고 갔네요
보기만 해도 더위가 가시는
아, 들어나 보셨나요? 얼음물 보시
녹으면 평범한 물 한 대접이지만
오늘 같은 삼복더위에는 진주보다 더 귀한 몸
지친 나무를 위해 밤새 자신을 얼려
뙤약볕 아래 하루 종일 서서 자신을 녹이는 희생이라니?
재물 붙게 해달라
아이 시험 붙게 해달라
기도발 잘 받는다는 높은 산사에서
등불 하나 매달고
뿌듯하게 내려오던 길 부끄러워
합장하고 절로 고개를 숙였네요
아, 그 순간 나는 보았네요
얼음물병 속에 빛나는 부처님의 찬란한 광채 같은
자식이라면 불구덩이라도 뛰어들 아내의 얼굴을

썩은 사과를 들어내며

깜박 잊었던 상자 안에서
곰삭은 사과 한 알
나를 맞이하고 있었네

요양병원에 계시던 우리 할머니
동병상련 노인들과 나란히 누운 침상에서
고단한 일생도 다 내려놓고
애끓던 자식 다 지우고
한 생을 천천히 삭히듯
호흡이 점점 가늘어지셨네

난 미처 몰랐네
썩은 사과 하나를 들어내는데
눈물 한 방울 뚝 떨어질 줄은

어머니의 콩밭

어머니 콩밭 매고 지나간 자리

앙증맞은 떡잎들 줄지어 서 있는데

발뿌리 하얗게 백기 투항한 잡초들

밭이랑 사이에서 초주검이 되어 있다

고래 심줄보다 질긴 잡초란 놈의 생명력을

우리 어머니 모를 리 없을 텐데

당신은 제초제 대신 고된 호미를 들었다

긴 고랑 돌아오신 어머니

내 안의 큰 걱정 눈치채신 듯 말문을 여시는데

삶의 질곡마다 괴롭히던 근심들 저 잡초 같더란다

걷어내면 또 자라고 한눈팔면

어느새 발목을 감아올리더란다

저 풀이 콩밭인 줄 어떻게 알았겠는가?

잡초와 다툰 콩이 더 여물게 영글더란다

탈피

입동이 지나서도 할아버지 무덤가 호두나무는 아직 몇 개의 열매를 매달고 있었다. 여름날 생생하던 초록의 외피는 삭풍에 시달려 어느덧 검게 쪼그라져 있었다. 마치 세상을 떠나시기 전 검버섯 핀 얼굴로 호두나무 아래를 홀쭉이 지나시던 할아버지 같아 마음이 저어기했다. 상념에 젖어 할아버지께 절을 하자 때마침 호두 한 알 뚝 떨어져 내게로 굴러왔다, 아! 땅바닥에 부딪힌 호두는 단번에 껍질을 툭 벗어던지고 알몸이 되어 있었다. 좀 전의 검고 우울한 모양은 간데없고 마치 갓 태어난 아기처럼 앙증맞은 모습이었다. 호두를 손에 넣고 만지작거리며 문득 생각했다. 껍질을 벗고 알몸이 되어가는 것은 가벼운 몸으로 새로운 세상을 가기 위함이라. 지금쯤 할아버지도 이승의 무거운 육신을 훌훌 벗어던지고 사푼히 화엄세상을 걷고 있으리라.

단풍들다

밖에서 우연히 만난 아내,

정신없이 아이 키우고
살림하느라
가을이 언제 왔는지 몰랐다며
환하게 웃는다

순간 몰라볼 뻔한 그녀

붉은 립스틱으로
화려하게 변신한 그녀는
오늘 무죄다

그녀의 길
— 손순옥 여사 고희 즈음에

그녀는
한 땀 한 땀 바늘로 길을 만들어내고 있다
그녀의 인생길을 닮은 반듯한 저 솔기
아마도 그녀는 저런 길을 백 리도 더 냈을 것이다

황망히 남편을 여읜 뒤로
헝겊처럼 가난한 밤들을 밤새 잇고 붙여 수많은 길들을
냈다
그 길이 하도 아득하여 졸거나 넋 나간 밤이면
바늘은 가차 없이 그녀의 손가락을 찔러
구만 리 같은 갈 길을 붉은 선혈로 가로막았다

길 위에 흉을 남기지 않기 위해서는
지나온 길을 다시 되짚는 수밖에 없었다
자식들과 함께 가는 길이었기에
바늘 끝은 더욱 뾰족하고 냉정해야 했다

이제 갈 길보다 지나온 길이 더 아득한 그녀,
오늘은 그녀가 설국처럼 흰 천 위에 내던 길 멈추고
붉은 매화 한 점 피워냈다

눈길 보다 더 하얀 어머니의 길

당신처럼

삼계탕 한 그릇이 간편할 복날이다
식당 앞 긴 줄에 서서 차례를 기다리며
자식들이 모두 떠난 고향집의 아버지를 생각한다
지금쯤 당신은 늙은 아내를 위해
마당에서 닭의 목을 비틀고 있을 것이다
오늘도 자급자족의 풍습을 고집하고 있을 당신,
그런 당신이 나는 이 세상에 진 것 같아 싫었다
다른 집처럼 우리집도 일찍 도시로 나갔으면
나는 켄터키치킨의 묘한 양념맛에 길들여졌을 테고
뾰족한 도시의 부리에도 덜 쪼였을 것이라 원망했다

사상 최대의 무더위를 기록하고 있다는 오늘,
삼계탕 한 그릇 먹기 위해 땀 뻘뻘 흘리며 줄 서서야 깨달
았다
아버지처럼 살고 싶지 않았던 나 역시
당신처럼 수렵의 본능에 충실하고 있다는 사실을,
그늘 아래서 아이와 아내가 나의 손짓만 기다리고 있었다

수렵의 본능

뒤뚱뒤뚱, 늙은 아버지는 지금
물속에 던져둔 통발을 보러 개울로 내려가는 중이다
한때는 인생의 바다에서 월척을 건 낚시처럼 삶을 버팀질
하셨고
한때는 원대한 꿈을 투망처럼 펼치기도 하셨다는데
이제 아버지는 겨우 걷는 걸음으로
세상에서 가장 느린 물고기 잡이를 하신다
물속에서 침묵하는 통발과 한통속이 되어

며칠 동안 미꾸라지는 몇 마리 들지도 않았다는데
하지만 나는 안다, 며칠 후 추석이면 우리 형제는
수십 일 모아 끓였을 아버지의 추어탕을
땀 뻘뻘 흘리며 먹으리란 것을,
'바로 이 맛'이라는 자식들의 감탄사에
늙은 아버지는 또다시 뒤뚱뒤뚱 개울로 내려갈 것이란
것을
아버지의 통발은 또다시 물속에서
된장 냄새를 솔솔 풍길 것이란 것을

어머니의 강

요실금이 심해진 어머니
강섶에 쪼그려 앉아
유유히 흐르는 강물을 바라보신다

찔끔거리는 어머니 사이로
가는 물길이 생겨나고

아래로 아래로 흐르는 저 강처럼
한 번도 세상을 거스르지 않은 어머니의 속에 것
참을 수 없을 만큼 참아온
참을 수 없는 것을 넘어선

잔잔한 저 강에서
큰 물고기 한 마리를
꿈꿔보았다

비발디의 〈봄〉

벌목꾼이 지나간 뒤로
바람 소리마저 멈춰 있던 숲속에서
언제부턴가 바이올린 선율이 흘러나왔다

얼음 밑으로 흐르는 시냇물 소리
막 움트는 새순 소리
막 알에서 깨어난 새 소리
따사로운 바람 소리

숲은 언제부터 저렇게
아름다운 소리 차곡차곡 쟁여두었나 싶어
가만히 들여다본 숲속에
벽오동나무 그루터기에 민달팽이 올라서서
LP음반 같은 나이테를 따라가며 음악을 틀고 있다

오금이 붙어 앉은뱅이가 된 우리 외할머니처럼
밑동만 남은 나무
쟁여둔 음악을 들으며 한가로이 은퇴를 즐기고 있다

호우지시절

어릴 적, 같은 손자인데도 불구하고
큰집 종형에게만 용돈을 주는
할머니를 원망한 적이 있었다

나는 8남매의 큰집, 종형들이 무한정 부러웠다

내 아이의 나이가 스물이던 해
봄비 내리던 어느 날
백수를 눈앞에 둔 할머니가 돌아가셨다

수의를 곱게 차려입은 할머니가
반백 명 넘는 자손들의 작별 인사를 받는데
나는 떠나는 할머니에게
불쑥 따지고 싶었다

할매, 그때는 왜 그랬느냐고
정말 섭섭했다고
그게 생각나서

용돈 드리려다 도로 집어넣은 날이 있었는데

그날은 정말 미안했다고

* 호우지시절(好雨知時節) : 때를 알고 내리는 좋은 비.

석양이 내리는 골목

동네 의원에서 간호사에게
이름 대신 아버님이란 호칭을 듣고 나온 뒤부터
나는 왠지 의기소침해져
예쁜 아가씨가 내 앞을 지나가도
쳐다볼 용기가 나질 않는 것이다

운전 중에 아내가 옆에 앉아 있어도
좌우 백팔십 도 모든 여자를 스캔하던 건강한 나였는데
아직은 팔팔하다고
간호사가 실수한 것이라고
자신을 위로하며 약국으로 향하려는데
문득, 골목 저 안에서 노는 아이를 부르는 어느 새댁의 목
소리,

"경아 밥 묵어라"

지금 저 대문 안으로 불쑥 들어가면
내 어머니의 구수한 된장국이 기다릴 것만 같은데

그렇게 놀다 가면 될 것 같은데

석양이 내리는 골목처럼
우두커니 한참을 서 있었다

어머니의 눈

먹감나무 반닫이를 닦다가
나를 보는 그윽한 눈길과 마주쳤다

쌍꺼풀이 여러 개인 아름다운 눈이었다
바라볼수록 깊이를 가늠할 수 없는 검은 눈동자
신비하게 사람을 잡아끄는 저 눈 속,
깊은 숲이 보이고
짙은 녹음 속
어린 눈이 보였다

눈은 이제 이야기하고 싶어 한다
낮은 눈높이로 보았던 키 작은 숲속을
비바람 쓸고 간 산속에서
아름답게 피어나던 이름 모를 꽃들을,
꿋꿋하게 일어나던 풀들을
그리고 스스로를 깎아 내고서야
별처럼 빛나는 눈을 가지게 된 자신의 신화

뜸

재수생 아이가 간절히 꿈꾸던 대학을 못 가 안쓰러운 저녁,
밥이 모래알 같다
만점 가까운 점수를 요구하는 과가 말이 되느냐며
우리나라 입시 제도를 욕하다가
아무 데나 가서 밥술만 뜨면 되지 체념하다가
이불을 뒤집어쓴 아이 생각에 눈앞이 뿌옇게 흐려질 즈음,
무슨 조화를 부리듯 별안간 생각나는 어릴적 시골집 부엌,
밥 짓는 가마솥에서 희뿌연 김이 피~익 새어 나오고
수건을 덮어쓴 내 어머니가 매운 연기에 눈물을 훔치며
벌건 장작을 아궁이 밖으로 빼내다가 나를 뒤돌아보며
아이가 듣기라도 하듯 나직이 이렇게 말씀하시는 게 아
닌가?
"야야 이게 다 뜸 들이는 거 아니냐?"
이 세상의 모든 꿈은
고독과 마주할 시간 없이 너무 과하게 달아오르면
새까맣게 타버린다는

사회학적 상상력의 시

맹문재

1.

밀즈(Charles Wright Mills)는 『사회학적 상상력』에서 개인의 문제가 사회 구조 및 역사 상황과 관계가 있다고 보고 상호작용을 탐구했다. 개인의 문제를 이해하기 위해 함께 살아가는 사람들은 물론 그를 둘러싸고 있는 환경을, 가령 사회의 구조는 어떻고 구성 요소는 무엇이며 서로 어떻게 연관되어 있는지, 사회를 변화시키는 기제는 무엇인지, 사회에서 우세한 사람들은 어떤 유형이고 앞으로는 어떤 사람들이 우세할 것인지, 자신이 살고 있는 사회의 본질적인 특징은 무엇이고 다른 시대와는 어떻게 다른지 등을 살핀 것이다.

사회학적 상상력은 개인의 상황을 하나의 관점으로 국한시키지 않고 다른 관점으로까지 살펴본다. 따라서 사회학적 상상력은 "가장 개인과 관계가 없고 멀리 떨어진 곳에서 발생된 변화로부터 인간 자신의 가장 개인적인 특징까지의 범위 및 서로간의 관계들을 살펴볼 수 있는 능력"[1]이라고 볼 수 있다. 자신의 존재가 사회적인 상황 속에서 어떤 관계가 있는지, 역사적인 상황 속에서 어떤 의미를 갖는지, 그리고 이 세계가 어떻게 움직이고 있는지 등을 탐색하는 것이다.

일반적으로 사람들은 자신의 현재 상황이 사회 구조 및 환경과 상관관계가 있다고 생각하지 않는다. 지식이나 정보 차원으로는 인지하고 있다고 하더라도 삶의 실제에서는 인식하지 못하는 것이다. 그 이유는 현대 자본주의 사회가 매우 복잡하고 전문화되어 있고 급변하기 때문에 한 개인이 이해하기는 어렵기 때문이다. 자신이 살아가고 있는 사회를 간파할 만큼 지식을 갖추고 정보를 획득하고 시간적인 여유를 확보하지 못하고 있는 것이다. 그리하여 대부분의 사람들은 자신을 사회적이고 역사적인 존재라는 사실을 망각하고 있다. 사회학적 상상력은 이와 같은 상황을 극복하고자 개인과 사회 및 역사의 관계를 인식하는 것이다.

밀즈는 사회학자들이 거대담론에 매달려 사회 현실을 제대로 간파하지 못하고 있다고 진단했다. 따라서 담론에 집중하기보다는 경험의 현실을 중시해야 한다고 보았다. 부분을 이해하기 위해서는 전체를 살펴봐야 하듯이 전체를 이해하기 위해서는 부분을 살펴봐야 한다고 제시한 것이다. 결국 개인의 문제를 사회 전체의 문제와 연관해서 적극적으로 인식한 것이다. 황주경 시인의 작품들에 나타난 가족과 이웃 사랑, 노동 인식, 역사의식, 정치 참여는

---

1 "It is the capacity to range from the most impersonal and remote transformations to the most intimate features of the human self— and to see the relations between the two."(C. Wright Mills, *Sociological Imagination*, Oxford University Press, 2000, p.7)

이와 같은 사회학적 상상력의 산물이라고 볼 수 있다.

2.

> 아버지의 가계부는
> 세월이 가면서 점점 빛바랜 영광이 되어갔다
>
> 뒤란 궤짝에 버려져
> 잊혔던 놈을 꺼내 딱지로 만들었다
>
> 동무들과 어울려
> 팔이 빠지도록 딱지 치던 날
> 딱지 속에서 먼 고래 울음소리가 들려왔다
>
> 풀어헤쳐 자세히 살펴보니
> 어린 새끼를 등에 업은 말향고래 한 마리
> 숨구멍으로 급하게 물을 뿜어내고 있었는데
>
> 위태롭게 쪽배를 탄 아버지가 물귀신처럼 포효하며
> 푸른 파도 춤추는 바다 깊숙이
> 작살을 던지고 있었다
>
> 아버지의 가계부는 한 마리 말향고래의 항해일지였다
> ─「반구대 암각화」 전문

위의 작품의 화자에게 "아버지의 가계부는/세월이 가면서 점점
빛바랜 영광이 되어"가는 물건에 불과했다. 그리하여 "뒤란 궤짝

126

에 버려져/잊혔던 놈을 꺼내 딱지로 만들"어 가지고 놀 정도로 취급했다. 그러던 어느 날 화자는 "동무들과 어울려/팔이 빠지도록 딱지 치"다가 "딱지 속에서 먼 고래 울음소리가 들려"오는 것을 들었다. "딱지"를 "풀어헤쳐 자세히 살펴보니/어린 새끼를 등에 업은 말향고래 한 마리/숨구멍으로 급하게 물을 뿜어내고 있었"다. 그리고 "위태롭게 쪽배를 탄 아버지가 물귀신처럼 포효하며/푸른 파도 춤추는 바다 깊숙이/작살을 던지고 있었다".

그와 같은 모습을 본 화자는 "아버지의 가계부는 한 마리 말향고래의 항해 일지"라고 말한다. "어린 새끼를 등에 업은 말향고래"나 가족의 생계를 짊어지고 작살을 던지는 "아버지"를 동일한 존재로 바라보는 것이다.

따라서 위의 작품의 제목을 "반구대 암각화"로 정한 것은 주목된다. 화자는 "가계부"를 쓰면서 온몸을 다해 살아온 "아버지"의 삶을 개인적인 차원을 넘어 인류적인 차원으로 이해한 것이다. "사회학적 상상력에 있어서 인류학적인 차원은 큰 비중을 차지한다. 왜냐하면 인류학은 인간 사회 생활의 형태가 만화경처럼 얼마나 다양한가를 보여주기 때문이다. 다른 형태의 사회들을 우리가 사는 사회와 대비시켜봄으로써 우리는 우리 행동의 특수한 유형을 더 잘 발견할 수 있"[2]는 것이다.

주지하다시피 "반구대 암각화"는 울산광역시 울주군 언양읍 대곡리 반구동에 있는 바위벽 그림으로 신석기 시대부터 여러 시기에 걸쳐 제작되었다. 바다동물, 육지동물, 도구, 사람 등 300여 점

---

2 앤터니 기든스, 『현대 사회학』, 김미숙 외 역, 을유문화사, 1995, 46쪽.

이 새겨져 있는데, 그중에서도 고래를 사냥하고 있는 그림이 눈길을 끈다. 무엇보다 선사시대의 인류가 고래를 사냥했다는 사실을 알려주기 때문이다. 따라서 "반구대 암각화"는 인류문화의 기원을 알려주는 유적일 뿐만 아니라 우리들에게 어떻게 살아가야 하는지를 알려준다. "선사시대의 인류들이 사냥하는 모습은 인간의 삶이 얼마나 힘든가를 보여주는 동시에 인간의 삶이 얼마나 가치 있고 위대한지를 알려준다. 인간은 아무리 위험하고 어려운 상황에 처해 있다고 할지라도 극복하는 존재라는 사실을 일깨워주는 것이다."[3]

삼계탕 한 그릇이 간편할 복날이다
식당 앞 긴 줄에 서서 차례를 기다리며
자식들이 모두 떠난 고향집의 아버지를 생각한다
지금쯤 당신은 늙은 아내를 위해
마당에서 닭의 목을 비틀고 있을 것이다
오늘도 자급자족의 풍습을 고집하고 있을 당신,
그런 당신이 나는 이 세상에 진 것 같아 싫었다
다른 집처럼 우리집도 일찍 도시로 나갔으면
나는 켄터키치킨의 묘한 양념맛에 길들여졌을 테고
뾰족한 도시의 부리에도 덜 쪼였을 것이라 원망했다

사상 최대의 무더위를 기록하고 있다는 오늘,
삼계탕 한 그릇 먹기 위해 땀 뻘뻘 흘리며 줄 서서야 깨달았다

---

3 맹문재, 「양식의 기원과 승화」, 백무산 외 엮음, 『반구대 암각화』, 푸른사상사, 2017, 130쪽.

아버지처럼 살고 싶지 않았던 나 역시
당신처럼 수렵의 본능에 충실하고 있다는 사실을,
그늘 아래서 아이와 아내가 나의 손짓만 기다리고 있었다
　　　　　　　　　　　　　　　　—「당신처럼」 전문

위의 작품의 화자는 "삼계탕 한 그릇이 간편할 복날"에 "식당 앞
긴 줄에 서서 차례를 기다리며/자식들이 모두 떠난 고향집의 아버
지를" 떠올린다. "지금쯤 당신은 늙은 아내를 위해/마당에서 닭의
목을 비틀고 있을 것이다". 화자는 "오늘도 자급자족의 풍습을 고
집하고 있을 당신, 그런 당신"을 "이 세상에 진 것 같아 싫"어했다.
"다른 집처럼 우리집도 일찍 도시로 나갔으면" "켄터키치킨의 묘
한 양념맛에 길들여졌을 테고/뾰족한 도시의 부리에도 덜 쪼였을
것이라"고 원망해온 것이다.

그런데 화자는 "사상 최대의 무더위를 기록하고 있다는 오늘,/
삼계탕 한 그릇 먹기 위해 땀 뻘뻘 흘리며 줄 서서야 깨"닫는다.
"아버지처럼 살고 싶지 않았던" 자신 역시 "당신처럼 수렵의 본능
에 충실하고 있다는 사실을" 발견한 것이다. 그와 같은 면은 "그늘
아래서 아이와 아내가 나의 손짓만 기다리고 있"는 모습에서 여실
하다. 결국 화자는 자신의 "수렵" 생활이 "아버지"로부터 배운 것임
을 알게 된다. 살고자 하는 욕망이 자신의 핏속에 흐르고 있음을
자각한 것이다.

파도처럼 출렁이던 청춘
울산 막노동판에 스며들어
돈 좀 더 벌어보겠다고

휴일, 긴급 정비 중인 유조선에 올라 철야 작업으로 기름 범
벅이 되던 날
　　나의 큰 꿈 품은 고래 한 마리 어디론가 사라지고
　　검은 파도에 일렁이는 내 얼굴
　　기름인지
　　눈물인지
　　닦아내던 밤바다

　　다시 그 바다에 서보니
　　어쩌면 그 고래, 사라진 것이 아니라
　　저리도 푸른 포물선을 그리며
　　더 넓은 바다를 원고지로 시를 썼을 수도 있었겠다
　　　　　　　　　　　　　　　　　—「장생포에서」 전문

　　위의 작품의 화자는 "파도처럼 출렁이던 청춘"의 나이에 "울산
막노동판에 스며들어/돈 좀 더 벌어보겠다"는 다짐으로 노동자의
길에 들어섰다. 그러던 "휴일, 긴급 정비 중인 유조선에 올라 철야
작업으로 기름 범벅이 되던 날" 자신의 "큰 꿈 품은 고래 한 마리
어디론가 사라지고/검은 파도에 일렁이는" 한 노동자의 얼굴을 보
게 되었다. "기름인지/눈물인지/닦아내던 밤바다"에서 자신이 걸
어온 길을 되돌아본 것이다. 그 결과 생의 꿈으로 삼고 찾던 "고래
한 마리"는 어디에도 보이지 않았다. 뿐만 아니라 삶의 하루하루
를 연명하는 일이 만만하지 않다는 사실을 새삼 깨달았다.
　　그렇지만 화자는 자신의 삶을 후회하거나 좌절하지 않는다. 자
신이 희망한 "고래"를 획득하지 못했지만 실망하지 않고 묵묵히

걸어왔기 때문이다. 노동자의 삶을 부끄러워하지 않았을 뿐만 아니라 돈을 버는 것만을 목적으로 삼지 않았기 때문이다. 그리하여 화자는 "다시 그 바다에 서보니/어쩌면 그 고래, 사라진 것이 아니라/저리도 푸른 포물선을 그리"고 있다고 생각한다. "더 넓은 바다를 원고지로 시를 썼을 수도 있었겠"다고 자신의 길을 긍정하는 것이다. 결국 화자는 사회학적 상상력을 통해 한 노동자의 사회적 존재를 인식하고 있는 것이다.

3.

"삼촌, 일로 오이소! 싱싱한 놈으로 잘해줄게"
방어진 활어 센터 순자네 아지매
그녀는 분명 나를 보고 호객 중인데
어라, 저 손에 쥔 회칼 좀 보소
쓰윽 쓱쓱, 맹인 검객처럼
저 혼자 무채 썰듯 오징어를 써는 중이나니
오징어 한 마리에 일백여 번의 칼질, 너비 오차 제로
그녀도 처음에는 손가락을 회 썰듯 했다는데
저 차가운 동해에 신랑 잃은 사연이나
하나뿐인 딸내미 꿋꿋하게 키워낸 억척이
춤추는 저 칼날 속에 숨겨져 있었나니
성난 파도 같은 모진 운명
칼 하나 들고 담담히 맞서다 보니
어느새 칼과 몸이 하나가 되었으리라

번뇌와 망상조차 단칼에 쳐낸 적 없이

하루하루를 맥없이 사는 나는 신들린 듯한 저 칼을 바라보며
밭 매는 데 인이 박여 허리마저 호미처럼 굽은
내 어머니를 생각하나니

　　　　　　　　　　　　　　　—「심검당(尋劍堂)」 전문

　위의 작품의 화자는 "삼촌, 일로 오이소! 싱싱한 놈으로 잘해줄
게"라며 호개 행위를 하는 "방어진 활어 센터 순자네 아지매"를 자
랑스레 소개한다. 화자가 주목하는 것은 "순자네 아지매"의 호객
행동이 아니라 "어라, 저 손에 쥔 회칼 좀 보소"라고 한 데서 볼 수
있듯이 그녀의 "회칼"이다. 그녀는 "쓰윽 쓱쓱, 맹인 검객처럼/저
혼자 무채 썰듯 오징어를 써는 중"인데, "오징어 한 마리에 일백여
번의 칼질, 너비 오차 제로"의 경지를 보여주고 있다.

　"그녀도 처음에는 손가락을 회 썰듯 했"을 정도로 칼질이 어설
폈다. 그렇지만 그녀는 모진 결심을 하고 매달려 달인의 경지에
이르렀다. 그녀가 그렇게 할 수밖에 없었던 것은 "차가운 동해에
신랑 잃은 사연이" 있었기 때문이다. 그리하여 "하나뿐인 딸내미
꿋꿋하게 키워"내기 위해 그녀는 칼을 갈았다. 그녀의 "억척이/춤
추는 저 칼날 속에 숨겨져 있"는 것이다.

　화자는 "성난 파도 같은 모진 운명/칼 하나 들고 담담히 맞서다
보니/어느새 칼과 몸이 하나가" 된 그녀의 모습에서 "번뇌와 망상
조차 단칼에 쳐낸 적 없이/하루하루를 맥없이 사는" 자신을 반성
한다. 그리고 "신들린 듯한 저 칼을 바라보며/밭 매는 데 인이 박
여 허리마저 호미처럼 굽은" 자신의 "어머니"를 떠올린다. 가족을
살리기 위해 온몸을 다해 살아온 "순자네 아지매"와 "어머니"의 삶

을 숭고하게 여기는 것이다.

이와 같은 차원에서 위의 작품의 제목을 "심검당(尋劍堂)"으로 정한 것은 이해된다. "심검당"은 사찰에서 선실(禪室) 또는 강원(講院)으로 사용되는 건물에 붙이는 이름이다. 승려들이 좌선하는 처소로 사용되는데, '지혜의 칼을 찾는 곳'이라는 뜻이 들어 있다. 화자는 한평생 회칼을 쓴 "순자 아지매"나 한평생 밭을 맨 "어머니"의 삶이 좌선에 정진하는 승려들 못지않게 위대하다고 본다. 그리하여 그들의 삶의 터전을 "심검당"이라고 부르는 것이다. 세속인들이 살아가려고 욕망하는 모습과 종교인들이 마음을 비우고 좌선하는 모습은 서로 상반되지만, 삶 자체에 헌신하고 있기에 경의를 표하는 것이다.

> 오토바이 가게 앞을 지나가는데
> 다리를 걷어붙인 청년 하나가 빨간약을 바르고 있다
> 스패너를 든 가게 사장이
> 다 고치는 데 시간이 좀 걸릴 것 같다고 말하자, 청년 왈
> 배달이 밀려 큰일이라며 성화를 부린다
> 나는 오지랖 넓게 가던 길을 멈추고
> "배달이 뭔 대수냐? 빨리 병원부터 가시라"고 말하려는데
> 청년의 휴대폰이 울린다
> "죄송합니다. 사모님, 곧 도착합니다. 조금만 기다려주십시오."
> 휴대폰에 대고 쩔쩔매는 청년의 정강이로
> 빨간약 서너 줄이 길게 흘러내리고
> 수시로 회사를 때려치운다는 내 입이 부끄러워
> 나오려던 말을 삼키고 가던 길을 재촉한다

오토바이 한 대 내 옆을 휙 지나간다

          —「퀵서비스」 전문

 위의 작품의 화자는 "오토바이 가게 앞을 지나가"다가 "다리를 걷어붙인 청년 하나가 빨간약을 바르고 있"는 모습을 발견한다. 그 청년은 "스패너를 든 가게 사장이/다 고치는 데 시간이 좀 걸릴 것 같다고 말하지" "배달이 밀려 큰일이라며 성화를 부"리고 있다. 화자는 "오지랖 넓게 가던 길을 멈추고/"배달이 뭔 대수냐? 빨리 병원부터 가시라"고 말하려"고 했는데, 그때 "청년의 휴대폰이 울"렸다. 청년은 "죄송합니다. 사모님, 곧 도착합니다. 조금만 기다려 주십시오"라고 "휴대폰에 대고 쩔쩔"맸다.

 "퀵서비스"(quick service)는 오토바이 등을 이용해 당일 배송을 목적으로 소화물을 수집 및 배달하는 노동 활동이다. 그렇지만 온라인을 기반으로 거래되는 플랫폼 노동자들처럼 퀵서비스 노동자들의 처우는 열악하기만 하다. 자신이 원하는 장소에서 원하는 시간만큼만 일하면 된다고 하지만 사업주 중심으로 노동을 해야 하기 때문에 휴식을 제대로 갖지 못한다. 장시간 노동과 저임금에 시달리기도 한다. 또한 근로계약을 맺지 않아 노동법에 규정된 노동자의 지위와 권리를 갖지 못하고 있다. 4대 보험을 적용받지 못하는 등 사회의 안전으로부터 사각지대에 놓여 있는 것이다.

 작품의 화자는 "휴대폰에 대고 쩔쩔매는 청년의 정강이로/빨간약 서너 줄이 길게 흘러내리"는 모습을 보며 "수시로 회사를 때려치운다는 내 입이 부끄러워/나오려던 말을 삼키고 가던 길을 재촉한다". 그 청년보다 자신의 노동 조건이 좋기 때문에 상대적인 안

정감 내지 만족감을 가졌다기보다는 청년이 처한 노동 환경을 새롭게 확인한 것이다. 그리하여 화자는 노동자의 열악한 형편을 사회적인 상황과 연관시켜 살펴보며 그 극복 방안을 모색하고 있다.

4.

> 학창 시절 전교 몇 등 하던 친구 녀석
> 시험 칠 때마다 대담하게 커닝을 했었는데
> 녀석이 말벌처럼 웅크려 책을 뒤적이면
> 교실은 꿀벌의 날갯짓 같은 아이들의 한숨 소리가 윙윙거렸다
> 그 속에는 모른 척 신문만 훑고 있는 감독 선생님에 대한 원망과
> 배경이 남다른 녀석에 대한 시기심과 두려움이 들어 있었는데
> 나는 이명처럼 왕왕거리는 그 소리가 너무 듣기 싫어
> 대충 찍고 엎드려 잠을 청하기 일쑤였다
> 그리고 어느 날 잠을 깨보니 지천명이 코앞이다
> 녀석은 여전히 말벌의 문양 같은 황금 배지를 달고
> 뉴스나 인터넷 속에서 으스대고
> 아이들은 그때처럼 숨어서 와글와글 댓글을 달고
> 나는 백지 답안 같은 막걸릿잔 앞에서
> 꾸벅꾸벅 졸음을 이기지 못하고 있다
> 세상은 달라진 게 하나도 없다
>
> ―「말벌」 전문

위의 작품의 화자는 "학창 시절 전교 몇 등 하던 친구 녀석"을 소개하고 있는데, 그는 "시험 칠 때마다 대담하게 커닝을 했었"다.

"녀석이 말벌처럼 웅크려 책을 뒤적이면/교실은 꿀벌의 날갯짓 같은 아이들의 한숨 소리가 윙윙거렸"고, "그 속에는 모른 척 신문만 훑고 있는 감독 선생님에 대한 원망과/배경이 남다른 녀석에 대한 시기심과 두려움이 들어 있었"다. 화자는 그와 같은 상황에 대항하지 못하고 "이명처럼 왕왕거리는 그 소리가 너무 듣기 싫어/대충 찍고 엎드려 잠을 청하기 일쑤였다".

작품의 화자는 "어느 날 잠을 깨보니 지천명이 코앞이"라는 사실에 놀랐는데, "녀석은 여전히 말벌의 문양 같은 황금 배지를 달고/뉴스나 인터넷 속에서 으스대고/아이들은 그때처럼 숨어서 와글와글 댓글을 달고" 있기에 더욱 놀랐다. 화자 역시 "백지 답안 같은 막걸릿잔 앞에서/꾸벅꾸벅 졸음을 이기지 못하고 있"는 형편이었다. 그리하여 화자는 "세상은 달라진 게 하나도 없다"고 단언한다. 시대가 지났는데도 불평등한 사회의 계급이 여전히 존속되고 있는 사실을 확인했기 때문이다. 그에 따라 화자는 불평등한 계급을 이용해 이득을 챙기고 있는 "말벌"을 고발하면서 사회의 계급 모순을 어떻게 하면 극복할 수 있을까를 모색하는 것이다.

마르크스는 인간이 생존을 위해 사용하는 생산 수단의 소유 여부로 계급을 정의했다. 근대 산업 사회 이전에는 토지를 소유한 사람들과 그 토지에 자신의 노동력을 쏟아야 하는 사람들 간의 계급이 존재했고, 근대 산업 사회 이후에는 공장이나 기계 등을 소유한 사람들과 그것들에 자신의 노동력을 팔아야 하는 사람들 간의 계급이 존재했다. 귀족 및 양반과 농노 및 노비의 계급으로부터 부르주아와 프롤레타리아 계급으로 구성이 바뀐 것이다.

어느 시대나 계급에 의한 착취가 존재했는데, 마르크스는 자본주의 체제에서 발생되는 착취와 그것으로 인한 불평등에 특히 관심을 가졌다. 자본가는 점점 부를 축적하는 데 반해 노동자는 빈곤으로 말미암아 상대적 박탈감이 심화되는 면을 주시한 것이다. 물론 자본주의 체제는 세금 제도를 통해 자본가 계급이 부를 취득하는 것을 제한하고, 복지 제도를 통해 노동자 계급의 생활수준을 향상시키고, 교육 제도를 통해 노동자에게 계급 향상의 기회를 부여하고 있다. 그 결과 근대 산업 사회 이전의 농노나 노비보다 현대 자본주의 사회의 노동자는 물질적으로 풍요로운 생활을 하고 있다. 그렇지만 계급 간의 경제적 불평등으로 인해 많은 문제점을 낳고 있다. 소수의 대지주, 금융 자본가, 산업 자본가 등이 토지와 주식과 채권을 절대적으로 소유해 부와 소득의 불평등이 심화되어 최하층 계급에 속하는 실업자, 환자, 장애인 등은 극빈 상태에 놓여 있는 것이다. 따라서 이와 같은 상황을 극복하기 위해 사회의 구성원들이 행동에 나서는 것은 필요하다.

어둠 앞 촛불을 들고
광화문 이순신 장군 동상 앞에서
박근혜 탄핵이라 외쳤네요
쓸개 빠진 사람처럼 울산에서 서울까지
을에서 갑이 된 듯
가장자리에서 중심이 된 듯
고래고래 고함을 질렀네요
장군은 동상이 되어서도
두 눈 부릅뜨고
빌딩 저 너머 적들을 지키시고

우리의 적은 항상
차벽 너머 저 안에 있었다며
장군께 억울하지도 않느냐고
고래고래 고함을 질렀네요
그해 봄을 몽땅 안고
아이들이 바다로 질 때도
물대포에 사람이
죽어 나가떨어질 때도
저 안은 꽃단장 잔치판을 벌였다고
반주에 취해 횡설수설,
자정 넘어 새벽이 되어서도 장군은 눈 하나 깜짝 않으시는데
졸음에 전의를 상실한 채 나는 그만
장군의 갑옷 자락에서
꿀잠에 들고 말았네요

—「촛불 연가」 전문

위의 작품의 화자는 "어둠 앞 촛불을 들고/광화문 이순신 장군 동상 앞에서/박근혜 탄핵이라 외쳤"다. "쓸개 빠진 사람처럼 울산에서 서울까지/을에서 갑이 된 듯/가장자리에서 중심이 된 듯/고래고래 고함을 질렀"다. 비록 "졸음에 전의를 상실한 채" "장군의 갑옷 자락에서/꿀잠에 들"기도 했지만 촛불 집회에 참여함으로써 국민의 주권을 회복하는 데 그 나름대로의 역할을 한 것이다.

2016년 10월 29일부터 2017년 4월 29일까지 국민에 의해 진행된 스물세 차례의 촛불 집회는 우리 사회를 크게 바꾸어놓았다. 국정을 농단한 대통령은 탄핵되었을 뿐만 아니라 국민에 의한 평화적인 선거를 통해 정권 교체가 이루어졌다. 국민이 적극적으로

나서서 주권을 되찾았고 민주주의 가치를 바로 세운 것이다.

위의 작품에서 화자가 "촛불 집회"를 "연가"의 대상으로 부른 것은 의미가 크다. 그 어떤 계급도 "촛불"을 사랑하며 노래 부르는 민중을 이길 수 없는 법이다. "연가"는 감염성이 강해 또 다른 "연가"를 부르기에 한 개인은 개별화되어 있을 때와는 전혀 다른 존재가 된다. 개인을 넘어 전체와 연대하고, 자신의 이익과 함께 전체의 이익을 추구하고, 고립된 세계 인식을 극복하고 공동체적인 존재가 되는 것이다. 따라서 고도로 전문화된 자본주의 계급으로부터 소외당하고 있던 민중들은 주체성을 회복하고 모순된 상황에 맞서게 된다.

따라서 위의 작품은 사회학적 상상력의 추구로 볼 수 있다. 개인의 상황과 전체의 상황 관계를 인식하고 있을 뿐만 아니라 현재의 상황을 통해 미래의 상황을 전망하고 있기 때문이다. 사회학적 상상력은 "미래에 대한 우리의 가능성과 관련되어 있다. 사회학은 현재의 사회적 삶의 형태를 분석할 뿐만 아니라, 우리에게 열려 있는 '가능한 미래'가 무엇인가를 보여주기도 한다. 사회학적인 상상력의 추구는 단순히 사태가 어찌 되었는가 뿐만 아니라 우리의 노력 여하에 따라서 사태가 어찌 될 수 있는가까지를 보여"[4]주는 것이다.

이와 같은 차원에서 역사적 사건들을 다룬 작품들이 눈길을 끈다. 단순히 사건을 기록하거나 감상적으로 접근한 것이 아니라 우리 사회가 지향해야 할 가치를 보여주고 있기 때문이다. 가령 화

---

4 앤터니 기든스, 앞의 책, 46쪽.

자가 청계천에 세워진 전태일 열사의 흉상 앞에서 "그대의 거룩한 불도장 내 손바닥에 아로새"기며 "딱 한 번뿐일지라도 거룩한 불꽃으로 살고 싶다"(「딱성냥」)고 다짐한 것이 그 모습이다. 전태일 열사가 1970년 11월 13일 열악한 노동 조건에 항거해 분신한 것을 계기로 청계피복노동조합이 결성되었듯이 불평등한 계급에 억압당하던 노동자들이 깨어난 역사를 화자는 되새기고 있는 것이다. "저것은 이 세상에서/가장 높고/가장 낮고/…(중략)…/가장 절망적이고/가장 희망적이"(「철탑 1 - 2013년 8월 현대차희망버스 현장에서」)라고 고공 농성장인 철탑을 노래한 것도 마찬가지이다. 2012년 10월 17일 현대자동차 비정규직 조합원이 현대차 불법 파견 인정 등을 요구하며 현대자동차 공장 인근의 고압 송전탑에 올라가 장기간 농성에 돌입하자 전국에서 현대차희망버스를 조직해 울산으로 응원하러 온 역사를 되살리고 있는 것이다.

화자가 제주 4 · 3평화공원의 "돌에 새긴/두 아이의 이름//4세 김관주, 2세 김관주"(「유채꽃 멀미」)를 숙연하게 부르는 것도 그러하다. 1947년 3월 1일부터 1954년 9월 21일까지 제주도에서 일어난 4 · 3항쟁의 과정에서 희생된 민중들과 함께하는 것이다. "사이다 같은 여름휴가를 얻어/광주 5 · 18묘지"(「화려한 휴가」)를 찾아간 것도 마찬가지이다. 1980년 5월 18일부터 27일까지 광주 지역 시민들이 요구한 민주화 운동에 기꺼이 동참하고 있는 것이다.

따라서 2014년 4월 16일 오전 8시 50분경 경기도 안산시 단원고등학교 학생 등 476명의 승객을 태운 세월호가 전남 진도군 조도면 부근 해상에서 전복되어 침몰한 세월호 참사를 다룬 작품들이 새롭게 읽힌다. "세월호 같은 슬픈 이별을 다시는 없게 해달라는,/아이들의 바람을 아직 알아듣질 못하지"(「꽃편지 1」), "해마다 4월이면 나는 창가 벚꽃으로 내려와/야외 교실을 차리는 저 아이들 때문에/안절부절못한다"(「꽃편지 2」), "그대 아닌 스스로를 위로하기 위해 이 자리에 선 나를/그대 절대 용서 마라"(「그대 나를 용서 마라」), "파도여 부디 이 엄마의 눈물을 전하여다오"(「아침밥상 – 고 황지현 양의 명복을 빌며」)라고 역사적 사건을 재인식하는 것이다.

우리 사회에는, 좀 더 구체적으로 말하면 우리 시단에는 시가 사회학적 상상력을 추구하는 것을 동의하지 않는 분위기가 만연하다. 시는 사회학적 상상력과 상관없는 것이라거나, 시가 사회학적 상상력을 추구하면 예술적으로 성공할 수 없다는 편견이 상당한 것이다. 그렇지만 시인의 작품이 실존 상황이나 역사 상황을 담아내지 못했을 때 그 한계가 더욱 크다는 것을 깨달아야 할 필요가 있다. 생명력이 강한 작품일수록 사회학적 상상력이 크다는 것은 진리에 가깝다. 사회학적 상상력을 추구하는 시인은 자아와 세계 사이의 관계를 깊게 인식함으로써 보다 주체적이고 역사적인 존재가 되는 것이다.

孟文在 | 문학평론가 · 안양대 교수

푸른사상 시선 118

장생포에서